AF438893

BOOKS & SMITH
New York Editors

EL ETERNO DÍA DE EUFEMIO OBRERO

CUENTO

EDWIN CASTILLO

UNA PUBLICACIÓN DE BOOKS&SMITH

El eterno día de Eufemio Obrero

Segunda edición, 2021

Publicado por Books&Smith en los Estados Unidos

Impreso en los Estados Unidos

Todos los derechos reservados © Edwin Castillo Frías

Isbn: 9-7987-224-338-8-6

Edición: Rossalinna Benjamín

Diseño de portada: Edgar Smith

Primera edición, 2015

A

Sugey y Camila

Prólogo

"Los procesos de cambio, cuando son verdaderos, van madurando muy lentamente, difícilmente se asemejan a lo que los profetas anuncian y a lo que los expertos clasifican como correcto o incorrecto, porque, por suerte, la historia humana conserva (…) una viva capacidad de asombro, es decir, es infinita la cantidad de conejos que aún salen de las galeras. Y esa sí es una fuente de esperanza creíble: la capacidad de asombro".[1]

Y, sí, la capacidad de asombro a la que refiere el maestro Eduardo Galeano es la que nos permite alistar nuestros sentidos para "detectar" esas mágicas sorpresas.

Para los que, desde hace muchos años, elegimos el camino en el que se entrecruzan la Historia y la Memoria, las palabras representan el vínculo entre el que recuerda y el que escucha. Nos referimos a la palabra hablada, la que existe desde que las personas necesitaron comunicarse. Esas palabras fueron transmitiéndose de unos a otros resignificadas según

---

[1] Entrevista realizada a Eduardo Galeano. 17 de enero, 2003.
http://www.rebelion.org/hemeroteca/cultura/030617galea no.htm

sea la necesidad del que habla y del que escucha. Así, de a poco, fuimos construyendo, a través de la oralidad, un bagaje cultural donde la diversidad se transforma en el principal valor.

Diversidad Cultural que no hace más que expresar la resistencia de los pueblos a la dominación total. Entonces la cultura aparece así como medio para expresar cambios, nuevas propuestas, "esperanzas creíbles".

Los cuentos de Edwin Castillo Frías muestran cómo, en la actualidad, la palabra se transforma en el medio para seguir resistiéndose a una cultura que a través de la "globalización" pretende seguir siendo dominante. El joven dominicano expresa en cada uno de sus escritos la necesidad de llevar al lector una parte de esa cultura que nos pertenece y que nos aúna.

Así logra conjugar elementos y voces que vienen de distintos tiempos y lugares para dar paso a una nueva diversidad que nos rodea y de la cual resulte fundamental apropiarnos.

Los protagonistas de sus cuentos son las personas "aparentemente" más vulnerable. Las mujeres, los pobres, los obreros, etc. Que sin embargo dentro de sus cuentos se resisten a un destino manifiesto.

La mujer ocupa en la literatura de Frías un lugar fundamental. ¡Es la que enciende, la que da luz, la que perturba, la que mueve!

Asimismo la historia dominicana atraviesa los relatos y nos sitúa en un contexto determinado y "posible". Si bien es una obra de ficción, es imaginable. ¡Nos podemos identificar con ella y hasta soñar!

En síntesis, Edwin Castillo Frías logra crear literatura a partir de la memoria colectiva y personal. Es por eso que, sin ser dominicana, al leer su obra reconozco en ella una parte de mi historia.

Laura Benadiba

Buenos Aires
6 de julio de 2014

Palabras para
El eterno día de Eufemio Obrero

Para leer "El eterno día de Eufemio Obrero", como manda, es buena cosa poner una bachata de fondo o una salsa de Héctor Lavoe, quedarse en ropa interior y destapar una fría. Vamos entrando en caribeñidades a través de unos ojos sobrecogedoramente despiertos que han bebido miles de páginas de narrativa hispanoamericana y universal, creando mundos inauditos que, sin embargo, se reconocen tan cercanos, con dedos que, por decirlo con todas las letras, supieron templar bien la gangorra para bailar un trompo sideral en calles polvorientas de cualquier barrio del trópico. Al mismo tiempo, nos encontramos aprendiendo español dominicano, con los precisos movimientos de una lengua ancestral que se renueva cada vez más en sorprendentes giros donde se desdibuja la línea imaginada entre lo coloquial y la más alta poesía.

Estos cuentos constituyen una expresión extraordinaria y seductora de la más rabiosa frustración tercermundista, transida por el gozoso zigzagueo del sincretismo cotidiano de los isleños lugares, donde el mar es puente, trampa y límite. Viajamos por un indescriptible paisaje sonoro pleno de sentido, un asombroso y entrañable rescate de lo oral, sin aparatosos esfuerzos lingüísticos ni las cada vez menos necesarias ridiculeces pseudofilosóficas con que se suele echar a perder la cuentística incipiente.

El tiempo de Eufemio Obrero, un sujeto al que perpetuamente se lo está llevando el diablo, es esa noria apabullante de los círculos viciosos, mas desde un carrusel anecdótico inevitablemente adictivo, ya que el panorama es siempre cambiante. Edwin Castillo logra una verdadera ecléctica de lo cotidiano, que se convierte en fascinante aventura idiomática, salvaje, deliciosa y temeraria, lo que con otras palabras, otro manejo de la angustia, otra manera de barajar estos peculiares elementos, habría resultado quizás en patética rutina. Sus afortunados enlaces entre memoria, certeza, azar y deseo hacen de cada cuento un conjunto significativo atrayente, que amalgama intriga, familiar extrañeza, estupefacción y esa delirante alegría de cuando descubres las letras exactas para explicarte.

Rossalinna Benjamín
autora de *Érase una vez el cuerpo*

EL ETERNO DÍA DE EUFEMIO OBRERO

Arthur

Porque todos serán salados con fuego,

y todo sacrificio será salado con sal.

Marcos 9: 49

La luna llena iluminaba el pálido rostro de Arthur, que, inmerso en un mutismo sepulcral, contemplaba las estrellas desde el techo del edificio. Abajo, en la penumbra del callejón, un perro ahogaba la noche con voz quejosa y prolongada: barruntando que a su alrededor vagaba la parca.

Arthur era atormentado por el sentimiento metafísico del destino del hombre después de la muerte. En la infancia había sido torturado con una educación religiosa que hacía énfasis en la creencia de que solo un diminuto número de elegidos gozarían de la paradisíaca redención, mientras que bullir en el infierno, junto al gusano que nunca muere, sería el destino final de las almas de la mayor parte de la humanidad.

Al crecer con la amarga frustración ardiendo en su interior, Arthur se consagró al estudio de la génesis de aquellas sádicas filosofías para el sustento de argumentos contradictorios. Su biblioteca estaba atiborrada de enciclopedias y revistas que roía extasiado en la soledad de su estudio, siempre acompañado de alcohol y sustancias alucinógenas que lo hacían imaginar que hablaba con dioses ancestrales sobre la manumisión del espíritu.

Una noche de reencuentro en el apartamento de un antiguo compañero de universidad, Arthur, saciado de whisky, discutió con otros condiscípulos sobre filosofía y teología. Por lo acalorada que resultó la conversación, donde trató de convencer a sus ex compañeros de clases sobre la influencia del mazdeísmo en el judaísmo, pidió permiso para lavar su cara y luego salir afuera a tomar un poco de aire fresco. En el cuarto de baño inhaló toda la porción de cocaína que traía guardada en los bolsillos del pantalón, limpió su cara y salió del apartamento, no sin antes reiterar sus disculpas por su repentina salida. La súbita mirada a una oscura escalera en el corredor abrió la invitación de subir a la azotea del edificio a contemplar la noche. Arriba, mientras Arthur miraba los astros, pensó súbitamente en la llegada del homínido a la Tierra Santa y el ascenso del Leviatán de las profundidades de los mares. Luego sintió la agradable sensación de levitar. Alzando los brazos para tomar las manos de un dios atávico que reconoció en la oscuridad y rezando un arcano credo que se confundió con el llanto del can, Arthur se arrojó al vacío esperanzado en elevarse.

Debajo del signo de Géminis

A Diógenes Valdez

No se escuchó el ruido la noche anterior. Árboles quebrados, vehículos virados, postes de luz derribados, para dar una simple explicación: ese fue el escenario de esa mañana. Debajo de un cielo nublado y una brisa recia que elevaba las plumas de millares de palomas muertas.

Sin embargo, ante aquella confusión irritable, el elemento que más llamó la atención a todos los vecinos fue aquel misterioso círculo de cenizas, con velones encendídos y trazos rojos enmarañados en su centro, cuyo significado nadie pudo descifrar, pero yo sí, por el tiempo que duré frente a él, absorto, sin importarme que todos se marcharan, inmersos en una vorágine de dudas, confusión y miedo, hacia sus casas, a ponerles pestillos a las puertas, arrodillarse en cadenas de oraciones y prenderles velones a los santos. Lo miraba perplejo, casi sin pestañar. Hasta que llegó mamá a llevarme por las orejas, para que me fuera acostar cuando apenas eran las tres de la tarde. En la cama volví a vislumbrar los trazos en el techo blanco, como en una pantalla reflectora, y entre ellos se me reveló la frase producto de aquel enigma macabro: *yo soy así porque nací debajo del signo de Géminis.*

Con el terror habían llegado algunos rumores especulativos basados en mitos. Pero lo cierto es que todo cambió. Ya no es mi barrio alegre. De la barra *"El Peje que fuma"* no se escucha la música desde afuera. Ahora cierra sus puertas temprano. Los viernes ya no hay peleas en la gallera. Ya no se toma ron ni se juega dominó frente al colmado de don Luis. El panadero ya no pasa, dejando en nuestra conciencia el eco de su pregonar. El heladero y su triciclo parecen haberse derretido junto al sonido de su campanita. Quedó prohibido ir a casa de mis amigos a estudiar y mucho menos a jugar pelota en la calle. No se puede correr en bicicleta. Ya no me apuro en hacer mandados, porque los sábados no hay pesos para ir al cine. Quedaron prohibidos terminantemente los paseos dominicales al parque, donde íbamos a ver las muchachas y escuchar la banda de música. Nos acostamos temprano.

Posiblemente es peor cuando a escondidas cruzamos a otro barrio, porque nos hacen ronda para dispararnos la sarcástica pregunta: "¿Tú vives en el barrio maldito?" Sí, porque con ese nombre quedó bautizado desde aquel tenebroso día.

No aguanto más esta situación. Debo encontrar al culpable, me dije, crispado.

A Dionis lo odio desde la primera vez que lo vi, cuando llegaron los Valdez al vecindario. Me molesta su pensar, su caminar, sus lentes de fondo de botella, su peinado, sus costumbres. Nunca jugó pelota con nosotros. Leía, leía y leía. En clases siempre era "el niño modelo" y en recreo se la pasaba jugando con sus amigos imaginarios.

Recuerdo el día de la golpiza. Lo esperamos al salir de la escuela (ahora recuerdo en la misma esquina que apareció el círculo) tuve el honor de ser el primero en pegarle, luego Marcos; Tomín lo escupía; Tomasito pisoteó sus cuadernos. Reíamos. Cuando lo vi agacharse, mis carcajadas se elevaron. Abochornado recogía hoja por hoja, como si en ellas estuvieran plasmados sus sueños. Al terminar el imbécil levantó la cabeza y con lágrimas en los ojos solo nos dijo en tono amenazante: *todo puede suceder un día*. Pero no le hicimos caso. Nos burlamos.

Sospecho que tal vez era él aquel joven misterioso que en los primeros tiempos de cólera se veía caminar por el barrio hablando solo como si nada. Probablemente él causó todo para inventar su mundo imaginario, como si fuera dueño de nuestro territorio. Imagino cómo reía cuando sabía que por alguna ventana, cauteloso, alguien lo miraba siguiendo la lentitud de sus pasos hasta perderse en la vuelta de la esquina o en la oscuridad, donde lo esperaba otro fisgón, con la pregunta en la cabeza de qué si el muchacho no sentía miedo. A lo mejor él y sus amigos invisibles se burlan de los jóvenes como yo, encerrados en sus casas, hartos de historias de fantasmas y de muertos.

Ahora la pandilla lo esperará en el parque central, hasta que salga de la biblioteca municipal. Le preguntaremos su signo zodiacal y esperaremos la respuesta con los puños cerrados porque es nuestro barrio y nos duele.

Pesada mañana para
Diógenes Nájera

Comienza la mañana. La ciudad flota sobre una densa neblina y resplandece un sol gélido. Las aceras están atiborradas de rápidos transeúntes de rostros petrificados. Los que por desdicha se tropiezan entre sí, en vez de afectuosamente desearse buenos días, y sin pensarlo se lanzan improperios.

En un cuartucho de un ruinoso edificio la mortecina luz de una bombilla se derrama sobre la patética figura de Diogenes Nájera, que arrellanado en un destartalado sofá, cerca de la ventanilla, toma café y empieza a leer la prensa matutina. Realiza el habitual carraspeo que le produce la intoxicación del cigarrillo, y como cada mañana tortura su cabeza con lecturas de sombríos titulares: nevadas en zonas desérticas, derretimientos de mares helados, amenazas de guerra en Corea; terremotos en el Oriente, tsunamis en la India, pruebas de armas nucleares en África, nacimientos de niños deformes en el Caribe, fuegos en las selvas de Brasil, erupción de un volcán en México, aluviones de plagas en Egipto, amenazas de guerra en Medio Oriente, extrema delincuencia en Centro América, derrocamientos de gobiernos, estallidos de coches bombas, envenenamientos de mares por derrames de petróleo, y otras catástrofes mundiales.

Diógenes Nájera enérgicamente estornuda y siente el habitual dolor de pecho. Luego para refrescarse saca la vista de las atormentantes páginas y observa detenidamente una hilera de hormigas que, como río desbordado, corre por el resquicio de la ventanilla. Le parece maravillosa la armonía de aquel desfile, y en tono de desahogo descarga sobre la línea viva ideas que como hirientes estacas llevaba clavadas desde hacía mucho tiempo en lo más recóndito de su alma. *¿Quién dijo que la muerte es el paso a otro plano donde eternamente las almas gravitan por paradisíacos campos, creados por un sádico dios como recompensa a los fieles a una vida de abstinencia y esclavitud espiritual, o el terrible destino* *de un lago de fuego? ¡No! ¡Falacias! ¡Mortíferas filosofías para el lavado de cerebro! ¡Manipulación de la pobreza espiritual!* La verdadera muerte —continúa después de un prolongado silencio—*está allá afuera, después del cristal de la ventanilla. La que exterminará a todas las especies. ¡No somos como ustedes rutinariamente bondadosas! ¡El hombre necesita compañía que explotar y destruir! ¡Es necesario despertar de este terrible letargo que nos encamina por un azaroso sendero hasta la destrucción total!*

Atormentado, Diógenes Nájera dirige la mirada hacia el cristal de la ventanilla, y ve a través de ella el extenso embotellamiento en la calle y cómo un conductor ebrio se estrella contra la puerta de una repostería derribando los cristales de las vitrinas. Maldice todo aquello y sube un poco más la vista buscando un mejor panorama; y una chimenea, que como falo erecto eyacula de sus entrañas bocanadas de un pestilente humo negro, le recuerda que tenía que ir, como desde hacía veinte largos años, al miserable trabajo donde había dejado las fuerzas de su juventud. Súbitamente recuerda la última discusión con su jefe por llegar unos minutos tarde, y harto de las jerarquías y el orden rutinario enrolló el periódico y aplastó las hormigas.

No se siente bien. Tiene escozor en su alma y es incesante el dolor de pecho, pero no puede faltar a la labor sin explicación convincente para los jefes. Entonces, como autómata, toma la ducha, se pone el traje, busca el maletín, acomoda todo en su lugar y toma las llaves. Abre la puerta y baja la oscura escalera. Se siente sofocado y empieza a proferir obscenidades contra el sistema; contra un rostro que renace y se coloca en sus narices reclamándole la pérdida de tiempo. Afuera lo sigue atormentando el incesante sonido de las bocinas y las frívolas miradas de los mudos transeúntes. Respira profundo y extrae de los bolsillos la cajetilla y, al no encontrar cigarrillos, chistó. *Será el viernes,* dijo, *si sobra plata,* y, cauteloso, para no tropezar con nadie, se echa a caminar arrastrando tristemente los pies.

Llega al edificio. Sin saludar traspasa la puerta. En la recepción la secretaria lo mira y Diógenes Nájera ve esos senos abultados que le mortifican. Ella lo sabe, por el juego de miradas y saludos que repiten cada mañana, por eso lleva escotes insinuadores. Pero se marcha sin sonreír, sin hacerle saber que la ha mirado haciéndola sentir mal. Sube las incómodas escaleras hasta que llega fatigado al cubículo y desde su escritorio se queda mirando detenidamente la oficina. Sabe que, como cada día, tendría que hacer lo mismo: contestar mil veces el teléfono, pasar los informes, firmar documentos, celebrar los fastidiosos chistes del supervisor, coordinar si todo anda bien con las entregas, tirar las fotocopias, sacar cálculos, analizar estrategias, escuchar los chismes de las fastidiosas secretarias, coordinar reuniones, inventar mentiras sobre trabajos atrasados, sin querer sonreír a un cliente fastidioso, y un montón de habituales cosas, hasta que el reloj marque las cinco y treinta de la tarde.

Diógenes Nájera, deseoso de una vida descansada, se sume en una profunda reflexión sobre esa repugnante realidad y se llena de pensamientos confusos: se ve en la cima de una montaña descalzo y vestido de blanco con los brazos abiertos. El aire fresco roza su rostro. Abajo está el mar con el rumor alegre de sus olas, que al estrellarse contra las rocas derrama por el aire la blanca espuma, como gigante que golpea y escupe a la vez para que más allá de sus límites se escuche su voz. Pequeñas lanchas corren rápidamente derramando estelas, y cardúmenes de delfines navegan alegremente. Del horizonte vienen bandadas de aves volando por el cielo claro. Conmovido por todas aquellas bellezas de la naturaleza que han florecido ante sus ojos, Diógenes Nájera voltea su rostro en busca de otras maravillas y ve manadas de caballos galopeando sobre la alfombra verde del pasto… delirios de libertad. El fastidioso timbre del teléfono lo trae a la triste realidad. Mastica maldiciones; mira a su rededor y hastiado de toda aquella rutinaria esclavitud obedece a un impulso interior y sale del edificio sin importarle nada. Y, otra vez, arrastrando tristemente los pies y el corazón apenumbrado, se echa a andar como vagabundo. Entra a una tienda, espera un descuido y se roba una cajetilla de cigarrillos y, fumando, camina muchas cuadras cabizbajo. Parece perro mohíno, y a cada paso, con sus ojos grises de mirada cansina, inútilmente intenta arrancar de cualquier rincón, como en el campo se recoge la siembra, quimeras, esperanzas que como llovizna acariciadora sobre el pasto seco, suavicen, en estos tiempos del reino de caos, el resto de los días de su penosa existencia.

El Bacá que apareció
en la universidad

A Faustino Pérez

¡No se mueva!

Se detuvo en el umbral. Su voz era agobiante. Su respiración sofocante. Tenía cara de perro, sin lugar a dudas, es lo que uno piensa que son: perros. Dejó plasmada su firma en el suelo sagrado de esta magnífica universidad, con tinta sangre inocente. Sí, como siempre lo hacen esos monstruos, emporios de maldades.

Recuerdo la primera vez, después se convertiría en rutina. Sucedió mientras esperaba la guagua en la Avenida Máximo Gómez. Me analizaron con cara de sospecha desde las ventanillas de aquel jeep de la muerte. *¿Qué busca usted a estas horas de la noche con esa mochila al hombro? Raso, pártale la cabeza a culatazos a ese hijo de la gran puta… Sí, mi comandante, este que trajimos es uno de los* *agitadores, se cagó en el jeep de tantas patadas que le dimos, es uno de los que están en contra de nosotros, del gobierno, de las órdenes del Doctor. ¡Raso! Sí, mi comando. Métalo en el cuarto oscuro, rómpale las costillas a palos y déjelo después tirado en un hospital público, y si los cabrones periodistas, que siempre viven jodiendo, están donde no deben, preguntan, les dices que este es uno de los ladroncitos que se dedican a atracar en el Ensanche Naco, que hace días le dábamos seguimiento, porque tenía el sector en zozobra y hoy lo encontramos con un televisor al hombro. ¿Con cuál quieres que te dé, con el más chiquito o con cualquiera? Con ninguno, con ninguno. Pásame a ninguno que está detrás de la puerta, sí, el más grande, ese que está manchado de sangre, con el que malogramos a los agitadores como este pendejo.*

¡Maldito civil!

Ahora analizo sus palabras, maldiciendo a la gente. ¿Es que nunca han leído la Biblia? Y en qué Biblia pienso si ni siquiera saben leer. Sí, es así que los enganchan, como si eso fuera parte de los requisitos, solamente hay que bañarle el perro o hacerle algunos mandados a la mujer de un coronel. Y dizque *civil,* como si eso fuera un delito. ¿Y ellos, qué son? Porque se comparan con los otros abusadores, los guardias, pero el pueblo sabe que no son más que civiles armados, pagados con nuestros impuestos, "para que nos protejan".

Cuando mamá me vea en estas condiciones.

Recuerdo la cara que puso cuando comenté que me había inscrito en la Universidad Autónoma de Santo Domingo. Y cómo se sintió la vez que encontró a Carlos Marx debajo de la cama. En esos días mandó a buscar al tío Patricio, quien alegaba haber peleado con las tropas de San Carlos en la revolución del 65, para que me contara cómo era la cosa en la universidad. Me habló casi por dos horas sobre los abusos de la policía. Me narró, a su manera, las historias que ya yo sabía sobre Orlando Martínez y Amín Abel. ¡Esos sí tenían cojones! Le decían la verdad a cualquiera. No importaba que fuera el presidente o el Papa, se las decían. Pero los mataron, porque en este país matan a los hombres, pero no a la verdad.

¿Fue usted quien tiró la piedra?

El muy descarado, como si yo le iba a decir que sí, que hace una hora estuve en la Alma Mater rompiéndole los vidrios a las guaguas del transporte público, hasta que llegaron ellos con bombas lacrimógenas y sus ruidosas sirenas. A lo mejor después quería que le contara sobre el carro que quemé la semana pasada en San Carlos, después de la medida descarada del gobierno de no apoyar la educación superior. O de que fui yo quien inventó el cuento de que en uno de los baños de la Facultad de Economía apareció un Bacá, para aterrorizar a los estudiantes, porque allí era donde escondíamos las bombas molotov y los trajes de policías que hoy usaríamos.

¡Maldito comunista!

El estampido. El agujero en el pecho. Él, colocando una pistola en mi mano derecha. Los del Frente Estudiantil mañana harán protestas y la prensa lo dirá: al estudiante meritorio, Ricardo Castillo, lo mató un monstruo en uno de los baños de la Facultad de Economía.

Encuentro de un sábado en la mañana

A Glaem Parls

Un sábado en la mañana, como en ocasiones suele suceder, me deslicé como perro vagabundo por la Zona Colonial, en busca de actividades culturales que me librasen del hastío espiritual que me producen los días ruidosos y las noticias perniciosas.

Por más de una hora degusté de una exposición fotográfica de monumentos históricos, que por diferentes partes del planeta captó el lente de un fotógrafo alemán, colocada en la verja que rodea el Parque Independencia. Luego caminé por la calle El Conde —distraído en el vaivén de los transeúntes y las vitrinas de las tiendas vestidas con colores llamativos—, hasta el Instituto Dominicano de Periodismo. Después, colmado por la alegría que me produce el recuerdo de viejas anécdotas con profesores y ex compañeros de clases, transité sin apuro alguno por otros interesantes lugares de la Zona, en mi afán de seguir alimentando el alma con cosas verdaderamente maravillosas.

Todo iba de maravilla. El recorrido había resultado excelente en ese sábado claro, donde el sol reverberaba alegre en los cristales, las palomas alzaban un vuelo sereno y limpio, y el día arrastraba por los aires promesas de encontrar en el ambiente otras exquisiteces que esperaba retener con los brazos abiertos.

Mirando la ingenuidad de un niño al corretear detrás de un globo en el Parque Colón, sentí que mi espíritu se había purificado, y nacieron de súbito las inquietudes de escribir un artículo sobre la exposición colectiva que acababa de ver en el Colegio de Artistas Plásticos. Busqué dónde comprar una botella de ron blanco. Obedeciendo a mis bohemias sabatinas, y en la búsqueda de un lugar propicio donde tranquilo poder plasmar en un papel las ideas (que como vuelo de avispa atrapada revoloteaban dentro de mi cabeza), me dirigí a la *"Cafetera"*. Sentado en la barra pedí un café fuerte, y cuando me decidía a sacar del maletín el lapicero y la libreta, alcé la cabeza para desde el alto taburete otear los alrededores. ¡Albricias! —musité— cuando mis ojos tropezaron con la patética figura de Pipen que se encontraba sentado en una de las mesas del fondo. Animado por haber encontrado con quien entablar una conversación literaria, tomé a largos sorbos mi café y acudí presuroso —con el temor que siente el cazador cuando barrunta el escape de su presa— a la mesa de mi amigo. Estaba solo; tenía los labios semiabiertos y la mirada perdida en el piso, como si escarbara con la vista en las baldosas, tamborileando con los dedos en la mesa. Mientras me acercaba, me parecía gracioso su aspecto desaliñado, su voluminoso afro y su extraño bolso —de confección ecuatoriana— que colgaba de su hombro derecho; pero a los pocos segundos mis ojos se fueron acostumbrando a su controversial figura. Cuando saludé al poeta parecía que había despertado de un letargo o que regresaba de ultratumba, por lo que presentí que algo le estaba pasando. Entonces retorné a la barra y solicité dos vasos desechables.

41

Cuando volví a la mesa, lo encontré un poco animado y, más aún, cuando destapé la botella y le llené un vaso. Fue cuando aproveché para preguntarle cómo iban los preparativos del *"Festival de la Cucaracha Aplastada"*; y antes de que me respondiera le dije que ya tenía preparado unos poemas y un cuento que quería leer en el evento, sobre todo en la noche de la apertura. Me miró directamente a los ojos, chistó, tomó un largo trago, y luego me contestó en tono melancólico, *"Estamos jodidos... no hay cuartos para la organización. Para nada.* Dijo, después de un pequeño silencio, *"este año nos jodimos, se acabó..."* Sus palabras me lastimaron. Pensé en la tradición del festival, en los jóvenes leyendo sus trabajos allí. Entonces, buscando una respuesta para consolar a mi amigo y no afligir mi espíritu, que se había refrescado con el agradable recorrido, le pregunté qué había pasado con el apoyo que le iba a solicitar al Ministerio de Cultura. Rio en tono burlón, hizo ademanes en el aire —volví a sentirme herido—, sacó del bolso un cenicero y una cajetilla, prendió un cigarro y, esparciendo volutas de humo, malhumorado, empezó a contarme en tono alto: *"Llevo más de tres meses detrás del Ministro. Lo llamo y no coge el teléfono… mira, ayer mismo me presenté en su oficina. Le pregunté a su secretaria que si él se encontraba; la tipa, de mala gana, me mira de arriba abajo y me dice que sí, "¿y quién lo busca?", entonces le dije: "dígale que es Pipen", hizo unas llamadas y me dijo que esperara sentado en la recepción, que el Ministro se encontraba en una reunión. Me puse alegre, te lo juro, pensé: ¡por fin voy a hablar con el hombre!… bueno, me entretuve por más de dos horas leyendo unos periódicos que el Ministerio de Cultura imprime cada seis meses para promocionar las actividades que realiza. Aburrido, decidí salir a fumar un cigarrillo en el parqueo posterior del edificio, y para sorpresa mía, el Ministro venía saliendo por la puerta trasera de su oficina. Un guardaespaldas salió corriendo a buscar la jeepeta, mientras que otros dos me miraron mal cuando me le acerqué. Lo saludé —mientras me aturdían su perfume escandaloso, su chaqueta importada, y su rostro, hermoseado por las tantas horas debajo del aire acondicionado, que irradiaba una sonrisa hipócrita—. Le hablé del festival; que ya lo estábamos organizando; y lacónicamente me dijo, como padre a niño pedilón: "no hay cuarto", mientras me consolaba con palma-*

ditas en los hombros. Luego abordó el vehículo con la sonrisa en los labios y, allí parado, lo vi alejarse como si nada…" Pipen bajó la cabeza, se tomó todo el ron de un solo trago, y luego exprimió el vaso haciendo crujir el plástico entre sus dedos. Subió la vista y su mirada colérica se inyectó como filosas agujas en mis ojos, aterrándome. Me sentí frente a un perro bravo; la paz interior que había encontrado en el recorrido se escapaba como alzando vuelo de pájaro errante. Empecé a sudar cuando noté que las personas alrededor nos miraban mudos porque empezó a gritar con los puños crispados: *"¡Que no hay cuarto descaradamente me dijo!... ¡Nunca tienen para actividades populares!... ¡Pero sí para enviar comisiones de burgueses a viajar al extranjero, actividades elitistas, vinos caros, sueldos lujosos, carros ostentosos..."* Terminó de lacerar por completo mi alma el susto terrible que me llevé cuando rápidamente metió la mano en el bolso y extrajo unos papeles enrollados que llevó directamente a mis narices y, como volcán en erupción, voceó: *"¡Ah! ¡Y para imprimir periódicos que no sirven ni para limpiarse el culo!"*

El eterno día de Eufemio Obrero

El obrero tiene más necesidad de respeto

que de pan.

Karl Marx

En el mismo instante mejor de tus sueños, repiquetea el fastidioso despertador anunciándote la llegada de otro desagradable día. Y es que, llevas tanto tiempo atrapado en este hábito, que hasta el café mañanero te revive un sabor rancio en la lengua. Es como si estuviera atrapado en las ruedas dentadas de un engranaje que gira y gira sin detenerse. Ese automatismo matinal no es más que un preámbulo: una apertura a ese pandemónium que se llama día.

Como si supieras que estás condenado por siempre al padecimiento, todas las ilusiones de una vida próspera se esfumaron hace tiempo de tu memoria. Se escaparon como volutas de humo esparcidas en la nada. Y la esperanza se esfumó a un lugar donde no deja ver el brillo de sus alas verdes. Tu cuerpo se ha enmohecido. Tus vértebras son de lagarto viejo. Cada vez estás más moribundo, en una vida que hace tiempo dejó de ser vida.

Por eso ese día a día siempre lo maldices, cuando miras las manecillas del reloj, mientras esperas la guagua que te conduce como oveja al matadero, a la mazmorra de tus miserias. Por eso el bufido expulsado por ella al frenar siempre te ha parecido una carcajada burlesca de la vida. Y con ese mal sabor, ese dejillo rancio de todas las mañanas, te sumerges en la boca de ese monstruo que te ha llevado por muchos años a ese infierno llamado trabajo, donde ni un seguro social responsable tienes. Te aturde el "buenos días" que te desea el chofer mientras subes, en contra de tu voluntad, los dos peldaños de la entrada. Y tú, sin contestar, le clavas los ojos en sus ojos, pensando qué de bueno puede tener un día como este. Y mientras caminas por el corredor a tu inconfortable asiento, sientes las ganas de voltearte hacia él y vocearle improperios, estrellarle el carnet en la cara, desmontarte e irte, como si nada hubiese pasado, a tu covacha, donde te espera el catre aún caliente.

Cuando adosas la cara al gélido cristal de la ventanilla, te pierdes en un letargo, como escabulléndote de esa repugnante realidad. Te preguntas cuándo terminará esta vida absurda que te ha empujado a ese lago de fuego. Allí donde bulles en la ardiente lava de esas condenas. Y de súbito te llegan los deseos de que se desvíe el recorrido hacia otro espacio sin tiempo medido, no a la fábrica donde un jodido reloj te mide el tiempo hasta cuando vas al baño a cagar. Pero hoy es un día diferente. Una cosa inexplicable germina en tus adentros: el despertador te anunció una mañana agradable. El bufido de la guagua te pareció una sonrisa. Le diste un guiño al chofer mientras te daba los "buenos días". Camino al asiento te devolviste y le diste las gracias, mientras le palmeabas el hombro; sentiste ganas de abrazarlo y llorando de alegría comentarle que hoy abordas una sensación rara que brota de tu pecho. El cosquilleo del que espera algo que ya casi llega. Como el que tiene algo perdido y lo encuentra, pero aguantas las ganas y te vas a tu asiento. Piensas que no te comprendería. Que pensaría que la miseria y la edad te han vuelto loco. Pero no es así. Adosas la cara al vidrio de la ventanilla, oteas la metrópolis lanzándose hacia el afanoso día. Entonces esa azarosa realidad te invita a cerrar los ojos para no espantar esa anómala felicidad, que te ha atrapado como una mosca en melaza. Y presientes que pronto formarás parte inseparable de ella. Te duermes lentamente. Ni los fastidiosos sonidos de las bocinas, ni el estrepitoso estampido que ese escucha allá afuera, pueden despertarte.

Ahora sientes que empiezas a flotar. Abres los ojos y ves, a través de un cristal, tu cuerpo bañado en sangre en medio de la vía. De súbito te das cuenta de que te encuentras dentro de un carruaje que en unos segundos te transportará a un lugar donde no existe el tiempo: al agradable destino que sectas milenarias tienen reservado para le gente que, como tú, Eufemio Obrero, ha vivido entre miserias y calamidades.

En la espera del retorno de Daniela

Una noche calurosa ella traspasó el umbral de mi puerta, que por accidente había dejado entreabierta. Yo, tumbado sobre la cama, alucinaba por causa del arrebate que provoca la mezcla de mariguana con otras sustancias narcóticas. Por eso cuando su silueta rompió la oscuridad y llena de garbo caminó hacia mí, y logré visualizar sus ojeras milenarias, su pelo rizoso, la chaqueta de cuero negro, la carterita con lentejuelas, las botas casi hasta las rodillas, su ceñida minifalda y esa cómica figurilla que ahora tenía en frente, me pareció un espectro vomitado por la noche, producto de mi delirante imaginación. Ni siquiera cuando de sus carnosos labios brotaron las suaves palabras: "hola guapo, entré a tu alcoba atraída por el olor a hierba que envuelve la brisa", desperté de mi letargo. Simplemente me limité a lanzar una estridente carcajada que estremeció las paredes de la estrecha habitación. Pero cuando sentí el afrodisíaco olor que emanaba de su sexo, y vi de manera nítida la rosa y la caracola tatuada cerca de su ombligo, que como redonda luna adornaba el cielo de su vientre, surcado por media docena de embarazos fracasados, me enjuagué los ojos para apreciar mejor a la extraña mujer, descubriendo en su mirada casi infantil algo misterioso: una belleza oculta que repentinamente me dejó extasiado, atrapado, como mosca en los hilos cristalinos de sus redes. Sobresaltado brinqué como felino de la cama, al barruntar que por mi puerta había cruzado por primera vez el amor. Nervioso por aquel raro encuentro, la invité a sentarse junto a mí y rápidamente le encendí un tabaco de yerba, que fumó pestañeando rápidamente y girando levemente la cabeza.

Desde esa noche, aquí, en este cuchitril, pasé junto a ella las dos semanas más felices de mi vida. Transcurrían los días con la única inquietud de beber aguardiente barato y drogarnos hasta muy entrada la madrugada, en la que nuestros cuerpos, atados por los lazos de la lascivia, se entregaban al placer, mientras Daniela

—ahora quiero pronunciar su bonito nombre, que revolotea como alborozado vuelo de mariposas dentro de mi cabeza— me narraba al oído los excitantes recuerdos de las cientos de orgías en las que había ofrendado su cuerpo: exuberantes bacanales, donde los machos eran los dueños absolutos de las hembras, manipulando sus cuerpos a las más altas extravagancias que dictaban sus antojos.

Yo, al final de ese deleitante y adictivo sexo, extasiado, acariciaba su cuerpo, con un brillo libidinoso fulgurando en mis ojos. Cuando por fin ella se dormía, encendía un cigarrillo en la oscuridad y mientras esparcía volutas de humo al aire, iba imaginándola como una Helena, para la cual quería recolectar rosas y cantar arcanos poemas. O en otras ocasiones la veía semidesnuda debajo de un caobo, cubierta con los paños cristalinos de los deliciosos sonidos de flautas.

El trinar de las aves, el revoloteo de una abeja, el sonido dulce de una trompeta, la ternura de un conejillo, el trote de un caballito marino, el viento moviendo los trigales, el sonido de las delicadas cuerdas del arpa, la alborada, las acrobacias de los cirqueros… todo lo dotado de hermosura lo imaginaba a los pies de esta semidiosa de la lujuria que ahora dormía en mi catre.

La última noche que pasé junto a ella, mientras fumábamos, como gata mohína se hundió en el triste recuerdo de su infancia. Mencionó, con temblor en los labios, una vorágine de imágenes lúgubres: hileras de casuchas a las orillas de un río contaminado, navidades grises, sombríos callejones, una niña avispada que correteaba descalza por los parques de su pueblo, crepúsculos desabridos, una caída que le produjo una larga cicatriz en la rodilla, un amor platónico, la frustrante violación a los dieciséis… Luego de un prolongado silencio, con los ojos encharcados, pronunció, como un jilguero preso en una jaula, las palabras libertad y amor.

En la mañana ella silenciosamente abandonó la habitación, dejándome como recuerdo, sobre la mesa destartalada, la chaqueta de cuero negro y un pequeño panty que olfateo todas las noches para saborear el afrodisíaco aroma de su sexo.

¡Sabrá Dios por cuáles azarosos caminos ella estará plasmando sus huellas! ¡En cuáles tabernas de mala muerte estará trasnochando su flácido cuerpo! ¡Cuáles vientos estará perfumando con el afrodisíaco aroma de su sexo! ¡Quizás estará ovillando sueños acostada sobre hediondos colchones, en algún cuartucho de una sombría favela! Mientras ansiosamente, con el alma lacerada por su partida, espero que se produzca la maravilla y, como espectro vomitado por la noche, la errante Daniela otra vez traspase el umbral de mi puerta.

Esos tiempos ya pasaron

Cecilio era el último de la extensa fila. En su mano derecha, el gallo que llevaría después al Doctor Luciano, el dueño de la botica principal, con la intención de vendérselo, porque al galeno le gustaban los cantos matutinos de estas aves. Aprovecharía el negocio para pedirle una pomada para los piojos, que tanto él como su mujer necesitaban. En la otra mano, un pequeño cartón donde sobresalía la imagen del Jefe, acompañada de la famosa frase: "El gobierno cumpliendo" y un número rojo de cinco cifras después.

Al frente estaba Rudesindo, a quien conocía desde la niñez. En los tiempos de juventud se unieron en un compadreo. También tenían otra historia en común: los dos habían sido forzados a emigrar al pueblo, por el capricho del déspota de usar sus tierras para construir una hacienda donde correr sus caballos y desvirgar muchachas, borracho del necio placer de la maldad.

Para Cecilio y su compadre, el llegar temprano al parque, como en otras ocasiones, carecía de importancia, aunque no se sabía a qué horas llegaría el camión. Sabían, por experiencia, cómo funcionaba la cosa: los puestos delanteros pertenecían a los familiares de los funcionarios y a los altos dirigentes del Partido Nacional; después iban las mujeres, parientes y amigos de los guardias; el resto eran los que, cada primer jueves de cada mes tenían que trasladarse hacia las puertas del Partido, para hacer una fila más grande que esta (venían campesinos de otras secciones de la comarca) y soportar insultos, pisones, empellones, y uno que otro macanazo de aquel policía obeso que todos catalogaban de insolente, para luego obtener, de todo ese vía crucis, el cartón con el que entregaban las "ayudas."

Cecilio y su compadre, al igual que otras personas, hacían esta fila con desagrado. Después del brutal desalojo y de ser trasladados a las casitas que el gobierno les había construido en los linderos de la ciudad, habían cambiado la manera de pensar sobre la dictadura, que en los primeros años había trabajado a favor del campesino, pero en los últimos tiempos la situación había sido otra. Por eso participaban en reuniones clandestinas (a cuatro ojos) que se celebraban en algunas casas de otros perjudicados. Pero la realidad era que la "ayuda" consistía en un saco (adornado con las cinco estrellas del Generalísimo y la famosa frasecita que nos asquea repetir) cargado de arroz, leche, huevos, frijoles, y, cuando había suerte, media botella de manteca. Ágilmente administrado, proporcionaban siete días de un comer más o menos. Los otros días tendrían, como siempre, que buscar algunos pesos en chiripas o las mujeres lavar y planchar ropas ajenas, ya que ninguno había tenido trabajo fijo desde que llegaron a estos predios.

Aún el sol estaba tibio cuando Cecilio intentó entablar una conversación con su compadre con sentido de desahogo.

¿Cuándo terminará esto?, preguntó con tono seco.

¿Cuál de las dos: la fila o la jodienda? (Palabra que usaban en las reuniones para referirse a la dictadura).

Las dos.

No sé, respondió Rudesindo, girando la cabeza y encogiendo los hombros.

Cecilio se sintió confundido. Tronaron sus tripas. Miró a su alrededor como buscando respuestas. Sintió un leve mareo. Vio cómo un guardia recostó el fusil en un almendro, abrió la braga del pantalón de camuflaje, orinó, y llevó sus manos a la nariz. Tomó el arma, y después se perdió entre unos arbustos. En su mente, Cecilio le llamó *Grosero*. Luego su mirada triste se perdió en el cielo, como para soñar despierto. Recordó aquellos tiempos en el campo cuando tenía por tarea, aunque se sintieran los dolores de la artritis, ordeñar todos los días las vacas, recolectar la leña, limpiar el terreno sembrado y echarles ñames a los puercos. Mientras soñaba, el gallo cantó, trayéndolo de aquel mundo bello a la cruel realidad. También cagó los zapatos de Cecilio. Estaba más dudoso. Los piojos empezaban a desayunar. Rascó su cabeza con el cartón.

Compadre, ¿recuerda cuando echábamos ñames a los puercos? Los mismos víveres que hoy queremos comer.

Rudesindo lo examinó de pies a cabeza y con una risa, más de pena que de sarcasmo, respondió:

Compadre, esos tiempos ya pasaron.

Sí, pero pronto volverán, enfatizó Cecilio con cierta seguridad, ruborizado. *Ya en la otra isla los exiliados formaron un partido revolucionario. Vendrán, tomarán el poder y nos devolverán las tierras.*

Mientras hablaba, sintió un hierro frío clavarse en sus costillas. Sintió escalofríos, tuvo un mal presentimiento, sumergido en el terror, giró lentamente. Vio un rostro conocido. Era Grosero.

Delante, Rudesindo permanecía Petrificado. Sabía que hablar mal de la dictadura era como algunos creyentes dicen cuando se blasfema del Espíritu Santo: "No tiene perdón". De súbito llegó a su mente el recuerdo de Pingo, un negro que, después de unos tragos, un domingo, se pronunció en contra del Jefe. Antes de la media hora había un jeep repleto de guardias en su frente. Cada uno le dio más de veinte macanazos, luego lo trasladaron a un lugar desconocido y no lo trajeron más.

Cecilio clavó su mirada en los ojos de Grosero. Los nervios le hacían preguntarse cómo el compadre no se había fijado cuando el esbirro se aproximaba. También pensó en su mujer, en la ternura de su demacrado rostro.

¿Cómo usted se llama?, preguntó Grosero, en tono autoritario, mientras seguía enterrándole el cañón del fusil, exasperándolo. *Cecilio, señor.*

¿Usted pertenece al partido?

No, pero pronto sí, contestó con miedo.

¿Vende el gallo?

Cecilio quedó sumergido dentro un aterrador mutismo. Grosero clavaba más fuerte el cañón. Luego de un minuto de silencio seco, Grosero le arrancó el gallo de las manos y se fue diciendo en tono venenoso:

Gracias por el regalo.

¿Y ahora, compadre? ¿Los piojos, los pesos, y Lidia?, preguntó Cecilio nervioso. Ahora respiró un hedor penetrante.

Rudesindo, aguijoneado por el pánico, sin importarle ofender a su infortunado compañero respondió:

Compadre, ¡cállese, coño! ¡Deje de hablar de la misma mierda que tiene embarrada en sus zapatos!

La cartera de Mary

La historia que me condujo a la desgracia, que dentro de poco dejará mi cuerpo sin sangre, inició aquel viernes en la taberna, cuando evocamos el tema de la oficina. Marcos fue el primero en expresar el mordaz comentario de que Mary nunca se despojaba de su cartera. Martín aseguró que ni sentada en su escritorio la abandonaba. Mientras Luís lo confirmaba con ligero movimiento de cabeza, alguien que bebía en la barra, y que por agudizar los oídos escuchó el chisme, lanzó la idea, con la lengua trabada, de que uno de nosotros debía armarse de valor y desvelar el misterio. *Ricardo, eres el más adecuado para esa empresa*, dijo Julio, por conocer más que nadie mi capacidad de observación. *Solo eres bueno para escudriñar cosas literarias*, expresó Luís saliendo de su mutismo, con gestos de las manos, como apartándome, lacerando mi orgullo.

63

Las palabras de Luís estuvieron rebotando como pelota de hule dentro de mi cabeza por semanas. Hasta que me propuse arriesgarlo todo para descubrir aquello que guarda Mary con tanto recelo dentro de su cartera y sostener mi reputación en los encuentros de fin de semana en la taberna.

Llevo un diario donde apunto todo sobre Mary: hora de llegada y salida de la oficina, cubículos más frecuentados, cantidad de veces que utiliza la fotocopiadora, hombro de donde cuelga la cartera (siempre es el derecho), hora de almuerzo, Salidas al baño, amigas en el trabajo, enemigas (estas últimas las anoto en una página especial. Ya que las mujeres se dedican a observar, sobre todo en las oficinas, hasta en el más mínimo detalle a sus adversarias, llevando un diario mental. Resulta beneficioso para un investigador entablar relaciones con ellas, ya que en cualquier conversación, sin venir al caso, devoran a la contraria suministrando informaciones importantes: qué tiempo lleva con el último peinado, días que repite ropas, manías, relación de jefe a empleada, relación de empleada a jefe, días de ausencias, período menstrual, llamadas privadas, cantidad de hijos, dirección residencial, correo electrónico, número de teléfono celular, la combinación de la cartera con los zapatos, la combinación de la cartera con la blusa, la combinación de la cartera con los espejuelos, la combinación de la cartera con la bufanda, la combinación de la cartera con la correa, la combinación de la cartera con nada).

Fue por una de esas fisgonas que me di cuenta del gusto de Mary por el cine de ciencia ficción y la literatura fantástica. Luego, con la parsimonia de un felino hacia su presa, me deslizaba en torno a ella para ganar su confianza. Observé sus debilidades profesionales y aprovechaba la ocasión para ayudarla en cualquier tarea que le resultara difícil de ejecutar. Lo que me hacía merecedor de su compañía al centro comercial donde platicábamos sobre nuestras últimas lecturas tomando café o un refresco en uno u que otro restaurante. En algunas ocasiones nos refugiábamos en las librerías para actualizarnos sobre recientes publicaciones, o después de saborear las carteleras, entrábamos al cine. Y todo el tiempo, ni un solo segundo se descolgó la cartera de su hombro derecho.

El recordar que ayer, por accidente, dejé mi libreta de apuntes sobre el escritorio de Mary, y que hoy es viernes (tiempo de llevarles una respuesta a los muchachos) provocó el insidioso desenfreno. La perseguí, sigilosamente, con la ayuda de un itinerario cuidadosamente ideado. Luego retrasé adrede unos archivos para que pudiéramos quedarnos solos, por lo menos unas horas, después de todos haberse marchado en la prisa del fin de semana.

Ahora Mary se retira de la oficina. Cuando se acerca para darme el beso de despedida, lleno de valor le imploro, dulcemente al oído, que me muestre lo que oculta con tanto recelo dentro de su cartera. Para mi sorpresa ella no pone resistencia —aunque una sonrisa maliciosa florece en sus labios, la misma que vi esta mañana cuando me devolvía la libreta— y cede, abriendo lentamente la cremallera. Como saeta, un ardor atraviesa mi pecho al saber que por fin ha llegado el momento de desvelar el misterio que tanto me agobia, que me tortura, que me trae de cabeza. Me siento imbatible al saber que en pocas horas celebraré junto a los muchachos en la taberna, divulgando el secreto de Mary y burlándome de las palabras de Luís. Movido por la dulce emoción que producen el descubrimiento y la venganza, sin pensarlo introduzco la mano dentro de la cartera y ¡zassssssssss! ¡El irritante dolor provocado por la presión de una horquilla! ¡Desde mis entrañas expulso un estrepitoso grito, extraigo rápidamente la mano de la trampa y la veo mutilada expulsando sangre a borbotones! ¡El pánico, la incertidumbre y las ganas de vivir se apoderan de mí! ¡Mis rodillas flaquean ante la terrible situación! ¡La cabeza empieza a darme vueltas hasta que caigo como borrego herido al piso! Adosado a las baldosas, mis fosas nasales son invadidas por el olor pesado del líquido vital que fluye incesantemente de la herida…

Siento los párpados pesados y lentamente voy cerrando los ojos mientras penetra en mis oídos el sonido seco de la puerta, cuando Mary, con la cartera colgada en su hombro derecho, sale de la oficina con la misma prisa que todos llevan cuando llega el fin de semana.

Mariux

Si te acercas a un Mariux y penetras por las retinas de sus ojos, puedes encontrar lágrimas ocultas en un subconsciente de tristeza. Pero los Mariux tienen aspecto de ser felices, no importa que sus miradas estén dirigidas hacia un norte sin norte.

Los Mariux viven zambullidos en un mundo etéreo. En un automatismo que es conducido por un alud de informaciones que inyecta cada día sus mentes, invitándolos al consumo. Por eso los Mariux casi no traban conversaciones, ni siquiera en las mesas a la hora de la comida (las horas del té y otras convivencias sociales forman parte de la prehistoria). La compenetración con la naturaleza que les rodea no forma parte de su esencia ni necesidades. En sus idiomas se han olvidado frases como, "hola amigo, lindo día"; "bellas rosas"; solo se limitan a abreviaciones y frases que apliquen al acto de consumir.

Me conmueve confesar que una vez fui un Mariux. Por fortuna los Pocus me arrastraron a sus talleres y me libraron. Tomó tiempo. Mucho tiempo. Decían que era un mármol difícil, pero con cinceladas exactas, como Miguel Ángel, podrían tallar la sensibilidad en mí y librarme de aquella desagradable apariencia.

Al principio fue trágico el estado adverso. Cuando transitaba por las calles con mis herramientas, los Mariux me miraban con repugnancia y para referirse a mi estado mental hacían girar un dedo en sus orejas entre risas y bufas. Fue cuando empecé a sentir lástima por ellos, al verlos atrapados en los cristalinos hilos de la araña devoradora. Ya no era mi mundo. Mi mundo debía estar en otro lado.

El proceso de paso a otro plano empezó cuando desperté un día sin el brazo izquierdo. El derecho lo perdí colocando la pasta dentífrica en el cepillo de dientes. El agua de la ducha arrastró por la bañera las orejas. En la toalla dejé parte de la espalda. Antes de llegar a los corredores ya no tenía piernas. Mientras intentaba preparar el café mi cabeza se perdió. Tirado en el sofá, terminé (supe que ya no podía, ni quería salir de la casa) de esfumarme. Ahora habito en este espacio donde puedo caminar libre por las calles y, en cualquier mañana de verano, (por ejemplo después de venir del florista) cualquiera te puede echar el vistazo y decirte "hola amigo, lindo día, bellas rosas".

Otro año del caso New York

El recuerdo te llega súbitamente, quedándose pegado a la memoria. Te haces las preguntas: ¿cómo podría ser mi muerte? ¿Tendría los mismos detalles: el olor pesado, el agujero en el pecho y el agonizar lento, vomitando el líquido vital?

Anoche fuiste a la cama tratando de convencerte de que hoy sería como los otros, rutinario: el fastidioso despertador, la tibia ducha, el café —resucitador matinal— y la nunca olvidada postura ante el espejo, ritual de todo narcisista. Pero lo sabías, que esta mañana no sería como las demás, que, por más prisa que tuvieras, al salir de la casa tendrías que mirarlo en contra de tu voluntad, y enfrentarlo. Recordar, aún más en esta fecha, otro año del caso New York, y las deudas por pagar.

Hoy lo tienes que hacer. Pero, ¿cómo ir a las oficinas de impuestos en estas condiciones? Imaginas cómo intentarías sacar la billetera del bolsillo del pantalón, mientras giras la cabeza a todos lados, como a quien persiguen, si ni siquiera has podido salir al corredor a descolgar el fastidioso calendario y arrojarlo con toda tu fuerza al zafacón, sin antes convertirlo en picadillos.

El teléfono ahora timbra. Posiblemente sean tus compañeros de trabajo, para preguntar sobre tu extraña ausencia. Pero no contestarás, porque él está ahí esperando que salgas de la habitación. Sentirás el olor a muerte, reconocerás sus ojos, el estampido que abrirá el agujero en tu pecho, la boca que se te llenará de sangre, mientras luchas por no caer al suelo, al lento agonizar. Tal vez te encuentren tendido en el sofá, para luego hacer saber a todos que hoy has pagado tus deudas.

Carta para una amiga

Ahora bien, podemos encontrar, sin duda, en la tierra, una especie de prolongación del amor, en el curso del cual esta codicia ávida y recíproca entre dos personas ha retrocedido ante un ansia nueva, un anhelo nuevo, una sed superior y común de un ideal que los supera; pero, ¿quién conoce este nuevo amor?, ¿quién lo ha experimentado? Su verdadero nombre es amistad.

"La Gaya Ciencia" (fragmento), F. Nietzsche

Querida Mari:

Cuando se intenta expresar lo que se siente hacia una persona que se ama, el alud de sentimientos que aborda el alma hace pensar en las infinidades de palabras existentes para tan deleitante tarea. Sin embargo, al concluir (sin importar los epítetos utilizados) se llega a pensar que uno se ha quedado corto en todo lo expresado. Como elementos complementarios se tienen los afectos que van más allá de las palabras.

Me siento muy orgulloso de ti. De lo mucho que has crecido profesional y sobre todo espiritualmente. Y no necesito explicar el sentimiento infinito que envuelve estas palabras, porque bien conoces el grado de honestidad con que van dirigidas, cuando me refiero a tu persona. Resulta sorprendente, en estos tiempos en que el hombre es cada día menos humano, cómo ha florecido nuestra amistad al pasar los años. Cada vez más la relación que nos envuelve exhibe a este linfático sistema su verdor y frondosidad (como diría Benedetti: todo verdor renacerá) y, cómo no, sus frutos. Qué maravilloso es saber que, a pesar de los conflictos cotidianos, en este engranaje que nos mueve (rutina), nuestra amistad ha sabido solidificarse. La hemos sabido bonificar robándole tiempo al tiempo y de vez en cuando nos juntamos o escribimos un e-mail, para saber cómo marchan nuestras vidas y compartir lo que nos gusta y que agita nuestra sensibilidad interior: el arte.

Me llega a la mente cómo nos conocimos en el Instituto Dominicano de Periodismo. Yo había faltado a la primera clase y pedí prestados tus apuntes para copiarlos. Ahí nació nuestra amistad, ayudada por una antología de Benedetti, que, como sabía que era tu poeta preferido (lo escuché cuando lo comentabas a alguien en el aula), la llevé semanas después, adrede, para que la vieras en mis manos y entablar conversación contigo. Rebobino, de alguna parte de mi memoria, la primera vez que te invité a ver una exposición sobre un clásico escritor en Casa España. Agradable mañana, tú y yo solos en esos salones llenos de nostalgias literarias. De regreso parecíamos niños torpes; yo abordándote con preguntas sobre tus estudios publicitarios y tú (ahora recuerdo que los muchachos te bautizaron como la pequeña Lulú) con tu baja estatura y tu pelo rizo formulando las respuestas. Éramos (somos), dos minados de sueños, distantes de la caterva con su bullicio.

77

No te quiero cansar con el resto de una historia que bien conoces: intercambios de libros, reuniones, citas, cafés y, como dije, infinidades de correos, (la lucha por mantener vivo eso que nació un sábado en la mañana y que orgullosamente responde al nombre de amistad). Muchas gracias por soportar mis bohemias y mi casi indecoroso sentido del humor.

¿Sabes, Mari?, ahora que miro la última foto (me encantó que fuera a blanco y negro; siempre me han gustado, por el toque de nostalgias que arraigan y sé, por tu gusto a la fotografía, que la ves más artística) que nos tomaron en la Feria del Libro, un caliente atraviesa mi pecho, y pienso qué hubiera sido si uno de los dos hubiera tenido el coraje de pronunciar lo que todos sabían o presentían: lo mucho que nos gustábamos. ¿Por qué no me arrojé, como quien se lanza al despeñadero, a la aventura del beso robado? Aunque nuestros ojos comunicaban ese lenguaje sincero que siempre tienen los ojos, nunca tuvimos el valor de convertirlo en una confesión, que hubiese sido como flecha segura de su diana. Estremece mi persona imaginar una relación amorosa entre nosotros. Luego me reconforta la tonta idea de que un empate de nuestras vidas, tal vez hubiera arruinado esta amistad sincera, sobre todo a la hora del rompimiento. Ante esta disyuntiva, quién sabe.

Ahora que te marchas para Argentina, espero que los espejos de Borges reflejen más tu sonrisa de caracol. Y que sepas caminar en la ambigüedad del mundo cortazariano. Lo que no deseo es que encuentres a un Perón que quiera gobernar tu alma libre. Porque te espero en el país de Pedro Mir, con un beso retrasado (pero es un beso) en el café de siempre (cerca del puerto) con las ganas de verte y un montón de cosas que comentar. Que tengas un feliz viaje, tu amigo Ricardo.

Edwin Castillo es periodista, cuentista e investigador sobre música y folklore del Caribe. Nació en San Cristóbal, República Dominicana, en 1978. En lo literario ha recibido los siguientes reconocimientos: Primera Mención en el XX Concurso de Cuentos Radio Santa María 2013, Mención de Honor en el Premio Joven de Cuento Feria del Libro 2013, Tercer Premio en el XXI Concurso de Cuentos Radio Santa María 2014, Mención de Honor en el Certamen Literario para jóvenes escritores de la región Sur en la X Feria Regional del Libro Peravia 2014, y Segunda Mención en el Concurso de Microcuentos "Las Dos Orillas", en la X Feria Regional del Libro Peravia 2014 y Mención de Honor en el concurso de cuentos para escritores del sur, organizado en la Feria Regional del Libro, Bahoruco, 2020. En el 2015, fue publicada la primera edición de su libro de cuentos "El eterno día de Eufemio Obrero", por la editorial Disonante, en Puerto Rico. En la actualidad reside en el Estado de New Jersey, USA.

ÍNDICE